MW01715694

La Fée des Secrets

Une histoire de Karine Quesada illustrée par Cocci-Lune

Editions
[MiC_MaC]

À ma petite fée de la Lune...

Cocci-Lune

À mes petites princesses...

Karine Quesada

ISBN : 9782362211652

Conforme à la loi n° 49.956 du 16 juillet 1949 sur les publications destinées à la jeunesse.
Imprimé en Chine
Dépôt légal : Janvier 2012
http://www.editions-micmac.com

La Fée des Secrets

Une histoire de Karine Quesada illustrée par Cocci-Lune

Editions
[MiC_MaC]

En ce temps-là, il y a bien longtemps,
dans un magnifique royaume,
vivait paisiblement une *princesse*.

Chaque jour, les habitants du royaume venaient tour à tour rendre visite à la princesse.
Ils se présentaient et lui confiaient tous leurs *secrets*.
Elle les écoutait, les conseillait et leur tenait la main quand ils avaient du chagrin.
Et c'était ainsi tous les matins.

Discrète, la princesse ne dévoilait jamais aucun *secret*.
De cette façon, le peuple était soulagé, et chacun repartait le cœur *léger* sans que personne d'autre ne puisse connaître ses mystérieuses histoires.

Une fois les secrets confiés à la princesse, les habitants n'étaient plus torturés par l'envie de les raconter. Les secrets étaient comme enfermés, ils ne pensaient plus à s'*échapper*.

Mais plus la princesse entendait de *secrets*, plus son royaume s'assombrissait.
Son cœur devint lourd, très lourd.

La nuit, les *étoiles* commencèrent à s'éteindre une à une.
Puis elles s'éteignirent quatre par quatre, six par six...

Un jour, comme elle continuait d'être la confidente de son peuple, la princesse s'affaiblit.

Elle tomba *malade* et la porte du palais se ferma.

Plus de lumière, plus de couleurs dans son royaume, la princesse devint triste et pâle.
Le roi et la reine appelèrent à son chevet tous les médecins des contrées voisines.
Mais aucun ne parvenait à la guérir.

Un soir, tandis que tout le monde s'était endormi, la *fée des secrets* descendit de la nuit avec une pluie d'étoiles filantes.

Elle apporta une clé à la princesse et lui dit :
« Tous les *secrets* que tu gardes au fond de toi sont bien trop lourds à porter. Ils t'emprisonnent. Ouvre-moi ton cœur et tu seras *libérée* ! »

C'était la première fois que la princesse avait une amie à qui se confier. Cette nuit-là, elle se mit à lui raconter tous les secrets qu'elle avait entendus. Elle lui révéla aussi ses propres secrets cachés tout au fond de son cœur. Et là...

La douce lumière du soleil et les couleurs se mirent à *illuminer* toute la vallée.
La princesse guérit et retrouva sa gaieté.

En ouvrant son cœur, la princesse tissa un lien précieux et sincère : l'*amitié*. La fée des secrets lui promit d'être toujours là pour partager ses joies, ses peines mais surtout ses *secrets*. Puis elle disparut dans le ciel aussi vite qu'elle était apparue.

C'est ainsi que les secrets furent toujours *bien gardés* et la princesse soulagée.

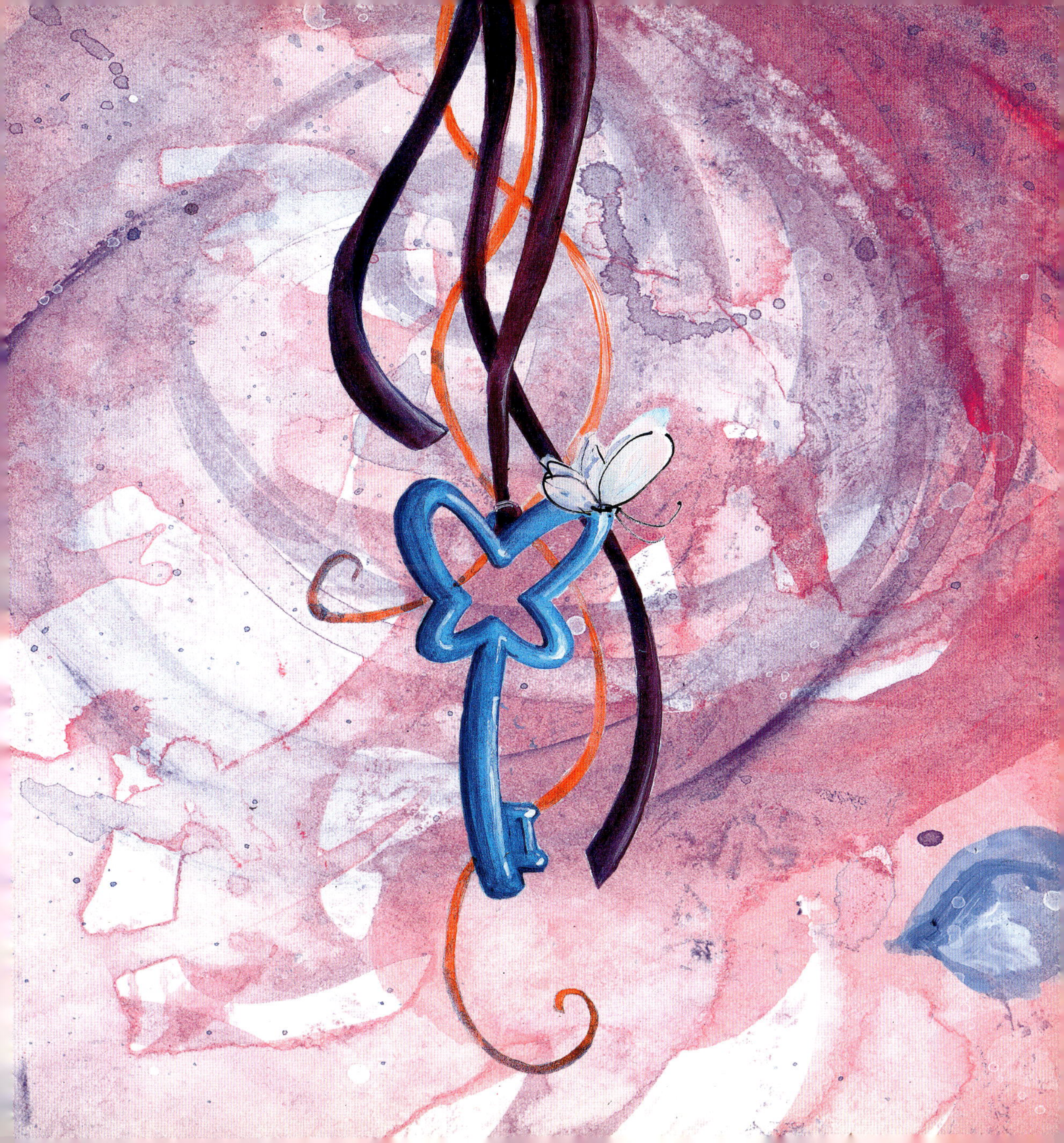

Dans la même collection